流星的女兒

香港童話選

主編・霍玉英

繪者・高佩聰

目錄

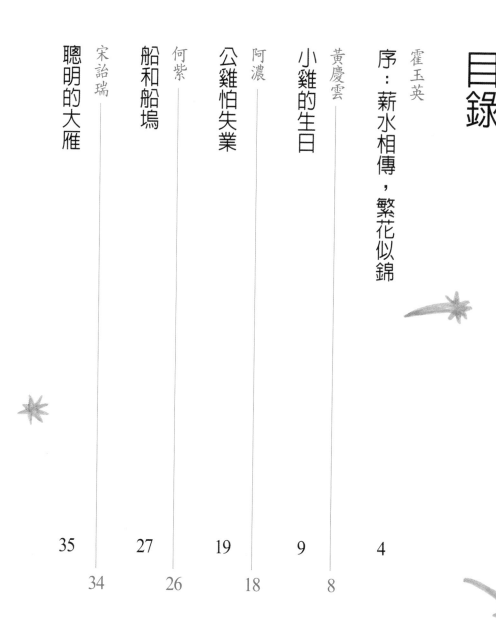

薪火相傳，繁花似錦

香港教育學院中文學系副教授　霍玉英

本書一如姊妹篇《水上人家　香港生活故事選》，收錄九位香港著名兒童文學作家的童話，包括黃慶雲、阿濃、何紫、宋詒瑞、東瑞、嚴吳嬋霞、陳華英、周蜜蜜與潘明珠，他們的作品有不少獲中港台三地重要兒童文學獎，是香港兒童文學的代表。

在〈小雞的生日〉，黃慶雲讓媽媽蛋做了一件偉大的事情，教電化蛋明白，不管世界與物種如何進化，「所有的蛋都是媽媽生。我們長大了都是媽媽。媽媽是最疼愛小雞和蛋蛋的。」親子間的關愛，莫勝於母親溫馨的懷抱，黃慶雲在篇末所展示的是人間最可貴的情感。在〈公雞怕失業〉，公雞一族的自尊心受到嚴重的打擊，因爲所有人都宣告他們的鳴叫再無意義，而鬧鐘也取而代之，他們要「失業」了。然而，阿濃既以幽默的語言，又從文明進化的角度，有力地突顯事物的兩面，開拓讀者的思考空間。原來，公雞雖鳴叫於清早，但催促的是夜眠的現代人趕快休息。

「雞都叫啦，你還在讀書，快上床睡吧！」

「雞都叫啦，你還在看電視！快去睡吧！」

因著愛，船塢能讓遠航的輪船了無牽無掛地尋找自己的理想，縱有思念牽掛，也只透過燈塔的隻字片語，探知遊子的蹤影與近況。當遠揚的輪船向著船塢駛來，他竟厲聲地說：「快走！快滾！快快離開這兒，離開這兒越遠越好！」誠如燈塔所言，船塢的感情太難理解，何紫在〈船與船塢〉所表達的是一種欲即卻遠拒的複雜情感，是父輩對孩子的愛與無私的奉獻。〈流星的女兒〉異於〈船與船塢〉，陳華英從流星的「女兒」——星兒的角度切入，寫自己在夜裡因四處蹓躂而誤落地球，在那裡，她能爲小方圓願，又有小方與新鮮的玩具作伴，卻難忍與母親、兄弟姊妹分離之痛。再者，作者更藉著星兒想像了母親的思念與傷痛，透露她的心事：「我更想回到媽媽和兄弟姊妹的身邊」。在陳華英的筆下，小方即如星兒，感受了她的傷感與思念，他「現在唯一的願望，就是希望你回到天上去！」於是，「天空上，依偎著媽媽懷抱中的星兒，正望著床上酣睡的小方微笑呢！」何紫與陳華英所呈現的愛是一致的，但篇末分別以一離一聚作結，教每一位讀者都能感受童話幽美的意境。

本書有不少屬寓教於樂的故事，像宋詒瑞的〈聰明的大雁〉，她兩度顯露老雁因人生歷練所凝聚的大智慧：一，未雨綢繆；二，機智行事。小讀者閱讀這一篇童話，仿如上了一門思考課，有利日後的生活應對。周蜜蜜與東瑞同以對比手法，在〈吉吉一丁的故事〉與〈玫瑰的妒意〉突顯物各有志，也物各有用。吉吉身上的刺，既能傷人，但也有他大用的時候，利與弊，得視觀點與角度。同理，玫瑰小姐與玫瑰姑娘都自視過高，只有在認識「自我」後，才明白在不同的情境，自有不同的素求與希冀，各自表現本色。

再以〈故事樹〉中的獅子爲例，在世人的眼中，不過是凶惡的猛獸，人人得避之。誰料，外表兇猛的獅子，竟愛與大家一起聽故事。畫者高佩聰爲獅子所添的一滴淚，正好證明人性的美善，以至文學的感染力量。嚴吳嬋霞的〈一隻減肥的豬〉同時寓教於樂，但情調與前異，作者採先揚後抑的手法，處處表現「博士」的睿智與先識。然而，當危機意識完全褪去，聰明的博士竟也陷入迷思，終而難逃被宰的命運，〈一隻減肥的豬〉誠然發人深省，也別出心裁。

香港兒童文學由雲姊姊奠下基石，輾轉發展至今已近七十載，年輕作者接過薪火，今已成爲獨當一面的作家。薪火代代相傳，當成爲繁花茂密的園地，讓讀者樂而忘返，也永葆童眞。

黃慶雲

人稱「雲姐姐」。從四十年代開始，即以寫作、編輯、教授及翻譯兒童文學爲主要工作，並筆耕不輟至今，出版作品超過一百五十種。作品體材廣泛，屢獲獎項，包括「冰心文學獎」、「香港文學雙年獎」與「二〇〇九年最佳藝術家獎（文學藝術）」等。部分作品翻譯成英、法、德、韓、日、西班牙及烏爾都文。

小雞的生日

科學館裡有一件展品，叫「將要出世的雛雞。」一個很大的玻璃電子孵化箱裡，放著三種雞蛋：一種是孵了十九天的，一種是孵了二十天的，一種是孵了二十一天的——就是小雞出殼這一天了。孩子們可從小雞啄開的蛋殼裡看到他閉著的眼睛和溼漉漉的羽毛。可看到從蛋變成雞的全部過程，可窺看到生命的奧祕。這展品多受孩子歡迎啊！

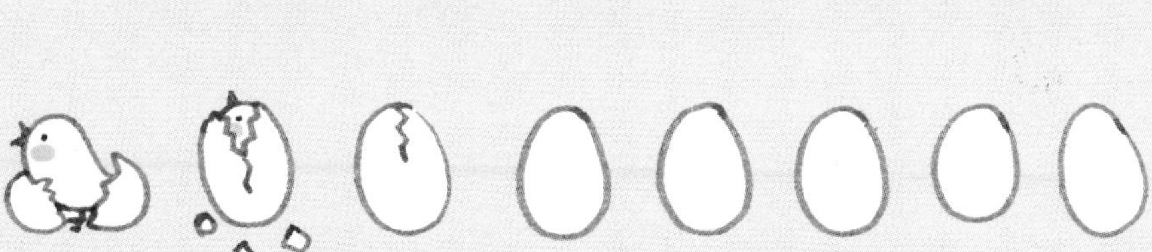

管理員老丁清早布置蛋箱時，發現到第二十一天的蛋有一顆壞了，便連忙奔回家裡，把自己養的母雞正在孵著的蛋拿一顆補數。他想，孩子看展覽好像看戲，別讓他少看一個角色啊。

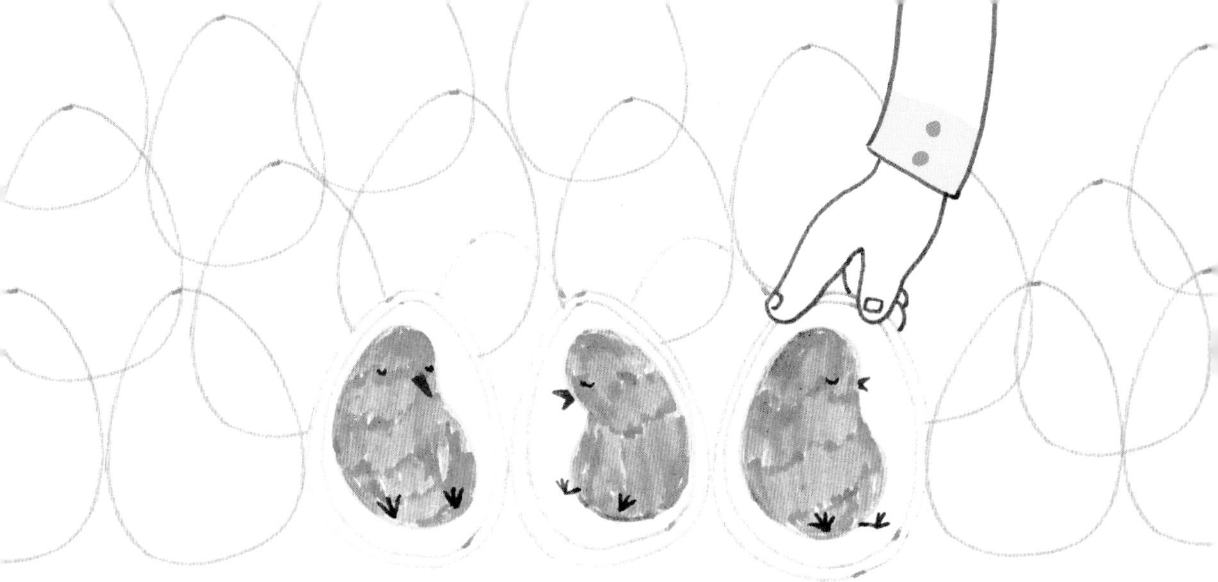

在蛋裡的小雞，除了睜不開眼睛看東西之外，心會跳，腦子會想，嘴巴會動。這時，雞媽媽的蛋靠在電氣孵出的蛋旁邊，那顆電化蛋便吱吱喳喳的對他說：「真巧，我們是注定同時出生的。我叫一、二、三，就一同把蛋殼喙穿吧！」

媽媽蛋說：「不，媽媽說

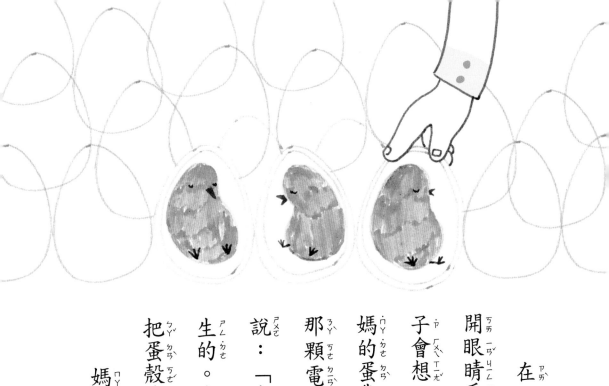

過到時會叫我的。」

電化蛋奇怪的問：「誰是媽媽？」

媽媽蛋說：「所有的蛋都是媽媽生的。我們長大了都是媽媽。媽媽是最疼愛小雞和蛋蛋的。我媽媽說，她要幫助我出來，出來之後，她還要把我抱在懷裡，外邊沒有蛋裡那麼暖呀。」

電化蛋說：「可是，你媽媽不在這裡呀。」

媽媽蛋說：「我一定等她！」

電化蛋說：「可是，許多孩子都在等我們啊？」

媽媽蛋說：「我一定要等她。如果媽媽不來，我寧願滾到二十天蛋那邊去。」

電化蛋說：「哎唷！你想留級嗎？我們雞蛋是不能留級的。留了級就成了屈頭雞仔了！」

電化蛋一聲哎唷，叫得太勁了，蛋殼在他的嘴邊飛出了一小片，成了一個小窟窿。「嘩！」周圍來了一片孩子嘖嘖稱奇的聲音。

這時，媽媽蛋也不再等待了。「督！」他在蛋殼上猛啄了一下。頓時，他感到整個世界都變了。他感到一陣燦爛的光輝從外面射進來，把蛋裡的黑暗趕走了。他聽到了一個孩子熱情的對他唱著：「Happy birthday to you!」聲音是壓低了，情緒是高昂的。孩子快

樂，小雞也快樂了。

下午，科學館關門的時候，兩顆蛋都變成活潑可愛的小雞了。老丁把自己的小雞拿走，也把電孵的小雞帶回家一起過夜。

一聽到小雞的聲音，雞媽媽就從窩裡撲出來，說：「孩子，你去

哪裡了？可把我嚇死了。」

小雞得意的說：「不要怕，好媽媽。這是我的Happy birthday，我自己跑到這世界來，我看到了偉大的世界，還認識了許多偉大的朋友呢！」

媽媽說：「那你可真做

了一件偉大的事呀！」

小雞說：「不過，我還有一件大事要做，我要讓這位偉大的朋友知道媽媽是什麼。」他吱吱吱的向電孵化小雞打招呼，雞媽媽就咕咕咕的向他們張開了翅膀，讓他們躲進她暖和的懷抱裡去了。

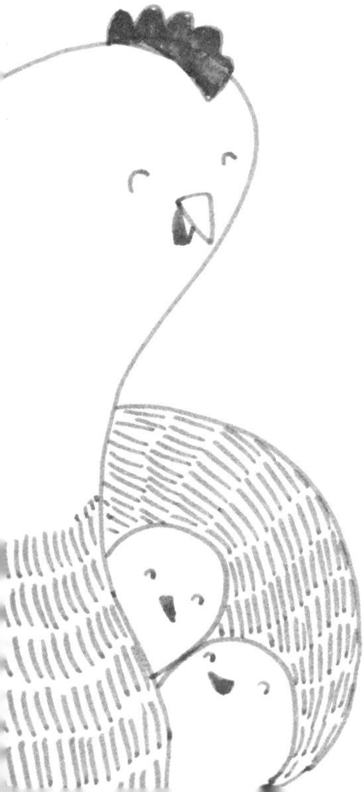

原文出自《怪電話》，香港：真文化出版公司，一九九三年七月初版。

阿濃

原名朱溥生，歷任中小學及特殊學校教師共三十九年，退休後移居加拿大，並繼續寫作。《阿濃說故事100》獲香港「香港文學雙年獎」；劇本《天生你材》拍攝成電視劇後，獲紐約電影電視節銀獎、芝加哥電影電視節銀獎；《樹下老人》獲「陳伯吹園丁獎」；《是我心上的溫柔》獲「冰心兒童文學獎」。

公雞怕失業

大約在早上兩點鐘左右，
公雞的喉嚨發癢，
便伸長脖子高叫了：
「喔喔喔！」
黃狗被他吵醒，憎厭的說：「公雞，你真煩！每天早上都被你吵醒！」
花貓也不耐煩的掩著耳朵說：

「真討厭！一早練什麼歌？要練到卡拉OK去！」

公雞的妻子母雞也嘰嘰咕咕的埋怨說：「看，個個都嫌你吵，你就收聲吧！」

公雞的自尊心受到傷害，漲紅了臉說：「各有各的職責嘛，黃狗他看門，花貓他捉老鼠，我的工作是報時，河水不犯井水，他們憑什麼干涉我！」

黃狗冷笑說：「報時？

這是什麼時
代？人家沒
有鬧鐘嗎？」

公雞最怕人家提及「鬧鐘」兩字，自從有了這個東西，他們公雞一族就面臨失業的威脅。於是他做了個不屑的表情說：「鬧鐘？靠不住的傢伙！有時走慢了，有時不會響，哪像我們三百六十五日，風雨不改，一到時候便叫！」

花貓掩著耳朵還聽見他們爭論——她的耳

朵實在太好了，忍不住說：「公雞，不是我說你，你的叫聲毫無意義！有人那麼早起床做工嗎？有人那麼早起床上學嗎？有人那麼早起床下田嗎？你只是擾人清夢！我們有權到警署投訴！」

公雞一時無話可說，雖然喉嚨仍癢，還想高叫幾聲，也只好忍住了。

這天他垂頭喪氣，完全失去了平日昂首闊步、顧盼自豪的風采。

第二天早上兩點鐘左右，公雞由於習慣，一早醒來，喉嚨發癢，又想高叫，可是他想：「我的叫聲真是毫無意義嗎？」

不過他最後還是忍不住了：「喔喔喔！」叫得比平日還響。

只聽見左面屋裡張師奶對她的女兒說：「雞都叫啦，你還在讀書，快上床睡吧！」

又聽見右面屋子裡的李大嬸在罵他兒子說：「雞都叫啦，你還在看電視！快去睡吧！」

公雞高興的想：「誰說我的叫聲沒意義！」他又伸

長了脖子：「喔——喔——喔！」

原文出自《波比的詭計》，香港，獲益出版事業有限公司，一九九九年七月四版。

何紫

原名何松柏。中學畢業後，曾任教師三年，後轉任《兒童報》編輯六年，開始兒童文學創作。一九八一年與友人創立「香港兒童文藝協會」，任創會會長。同年，創辦「山邊社」，出版兒童及青少年讀物。一九八六年創辦《陽光之家》月刊。《少年的我》獲「香港文學雙年獎」。

船和船塢

在船塢裡，有一艘新輪船剛剛建好了，下水禮那一天，成千上萬的人來觀禮。一瓶香檳酒撞向船頭，「乒乒」一聲破碎，新輪船就徐徐滑下水去，開始他的旅程了。

新輪船得意極了。那輪船誕生之地——船塢，含著淚送他出去，船塢說：「船啊，祝你一路順風！」這聲音被歡呼和喝采聲蓋過，輪船沒有聽到，他實在沒有留意船塢含淚向他惜別的樣子。

從此，輪船迎著海風，衝破巨浪，在五洲四海到處流蕩。輪船在大海中，多麼豪爽呀，有時他太得意了，就禁不住「嗚嗚嗚」的高叫，那烏黑的煙就直衝上雲霄。海鷗和他玩捉迷藏，浪花也常常來湊熱鬧，和他玩猜拳遊戲。

可是，船塢卻懸念著輪船哩！船塢常常託燈塔去尋找他的行蹤。有一次，船塢聽見燈塔說：「那一次，我遠遠就看見他了，我透過我發射的光芒，輕輕撫著他的頭，在他耳邊輕輕的說：「喂，船呀，船塢惦念著你，託我來問候你呢。」但是，輪船卻好像忘記你了，他漫不經

心的說：「有這麼一回事嗎？」就駛進礁石間，輕巧的避過急流暗灘，嗚嗚長鳴幾聲去了。」船塢聽見，就高興得眼眶湧出淚來，說道：「你看見他？你看見他還是那麼矯健？那太好了！那太好了！」燈塔看見這情景，鼻子也酸了。

又一次，燈塔又看見輪船了，這一次，他用強烈的光芒瞪著輪船，厲聲斥責他說：「忘情的傢伙！難道你不知道船塢多麼惦念你嗎？為什麼你不回到他的身旁去？」

輪船受到了教訓，終於有一次經過船塢，他把船頭朝著船塢駛去。船塢真不敢相信自己的眼睛，他起初是狂烈的高興，接著卻又變得害怕，到最後，他嚴厲的說：「輪船，別再靠近了！你為什麼

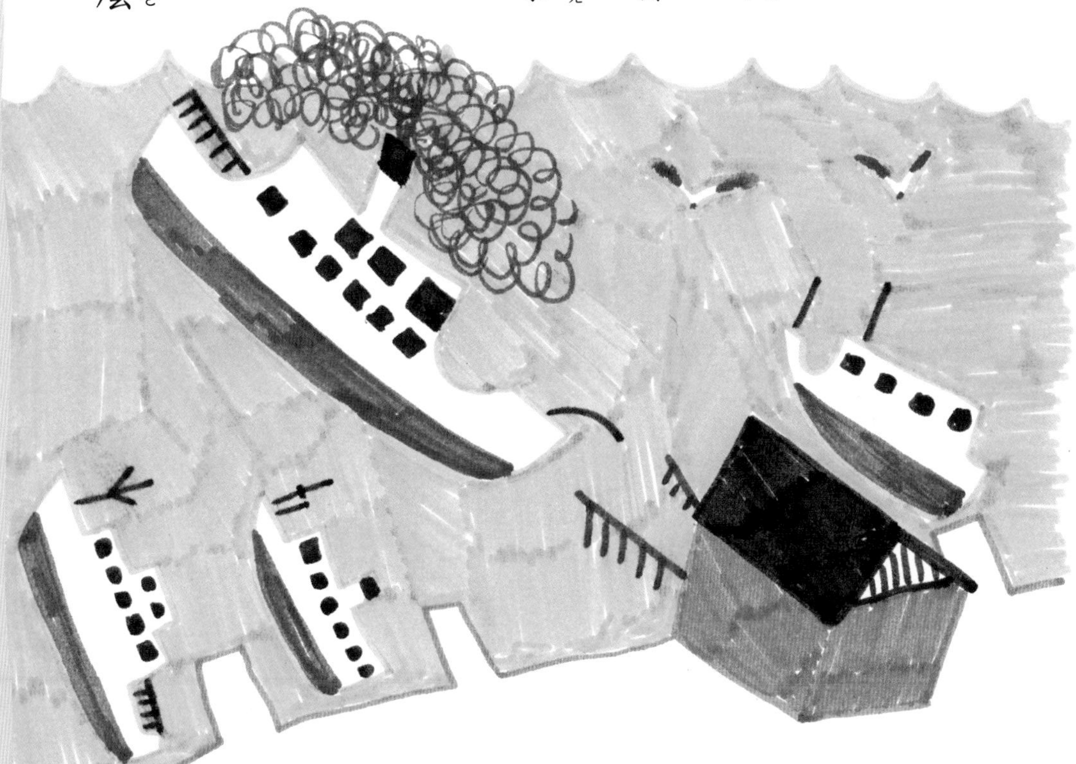

來這兒呀？快走！快滾呀！快快離開這兒，離開這兒越遠越好！」

輪船怔住了，接著十分氣憤，急急掉頭，「嗚嗚」的遠去了，船塢遙望著那縷縷黑煙，淚水又湧出來，自言自語說：「真的，他沒有事，他很好！他去了，啊！祝福他不用回來。」

燈塔看見這個情景，奇怪極了，燈塔問船塢說：「你不是一直惦念他嗎？可是他回來了，為什麼你又忙不迭地趕跑他？」船塢抹著不知是高興還是悲傷的淚，說：「唉，我雖然非常想念他，但是，我卻希望他一直遠離我，因為，如果有一天他回到我的身旁，恐怕是他身上出了什麼岔子，要躺下來修理了。」燈塔聽了，不斷眨著眼，只覺得船塢的感情太難理解了。

原文出自《26短篇童話集》，香港：山邊社，一九八四年九月第五版。

宋詒瑞

現任大學語言導師。作品曾多次獲中文兒童讀物創作獎兒童故事組冠軍、香港電台城市故事創作比賽公開組冠軍與新雅少年兒童文學創作獎優異獎等。《少女心事》獲上海冰心兒童文學獎，並獲選爲第十七屆香港中學生好書龍虎榜十本好書之一。著有《呢喃集》、《難爲了班長》、《小鱷魚貝貝》等。

聰明的大雁

一座森林裡有一棵很高大的老樹，它那濃密的枝幹向四周伸展開來，像一把大傘。一群大雁住在這棵樹上，過著平安舒適的日子。

這群雁中有一隻很聰明的老雁，他看見樹幹旁邊長出了一根藤蔓，就對同伴們說：「你們看見大樹邊上的那根藤嗎？快去把它拔了吧！」

大雁們很驚訝：「為什麼要擔心這根小藤？」

「小小的藤蔓很快就會長大，它會沿著我們的大樹向上長，以後還會變粗、變結實的。」老雁說。

「那又怎麼樣？一根藤蔓又有什麼了不起！」大雁們很不以為然。

老雁耐心的解釋道：「到那時，誰都可以沿著這根藤爬上來，獵人會爬上來把我們通通殺了。」

大雁們說：「急什麼，它還那麼細小，不會害我們的，以後再說吧。」

他們沒把幼藤弄斷，過了幾天早就把老雁的話忘了。幼藤長大了，它沿著樹幹一圈一圈的往上爬，它越長越粗，變得像根粗木般堅硬。

一天早上，大雁們都飛出去覓食了，一個獵人來到大樹下。

「喔，就是這棵樹上住了好多大雁，」獵人心想，「等他們晚上回來我要一網打盡！」他沿著粗藤爬到樹頂，在樹枝間撒開一張大網，就爬下樹回家去了。

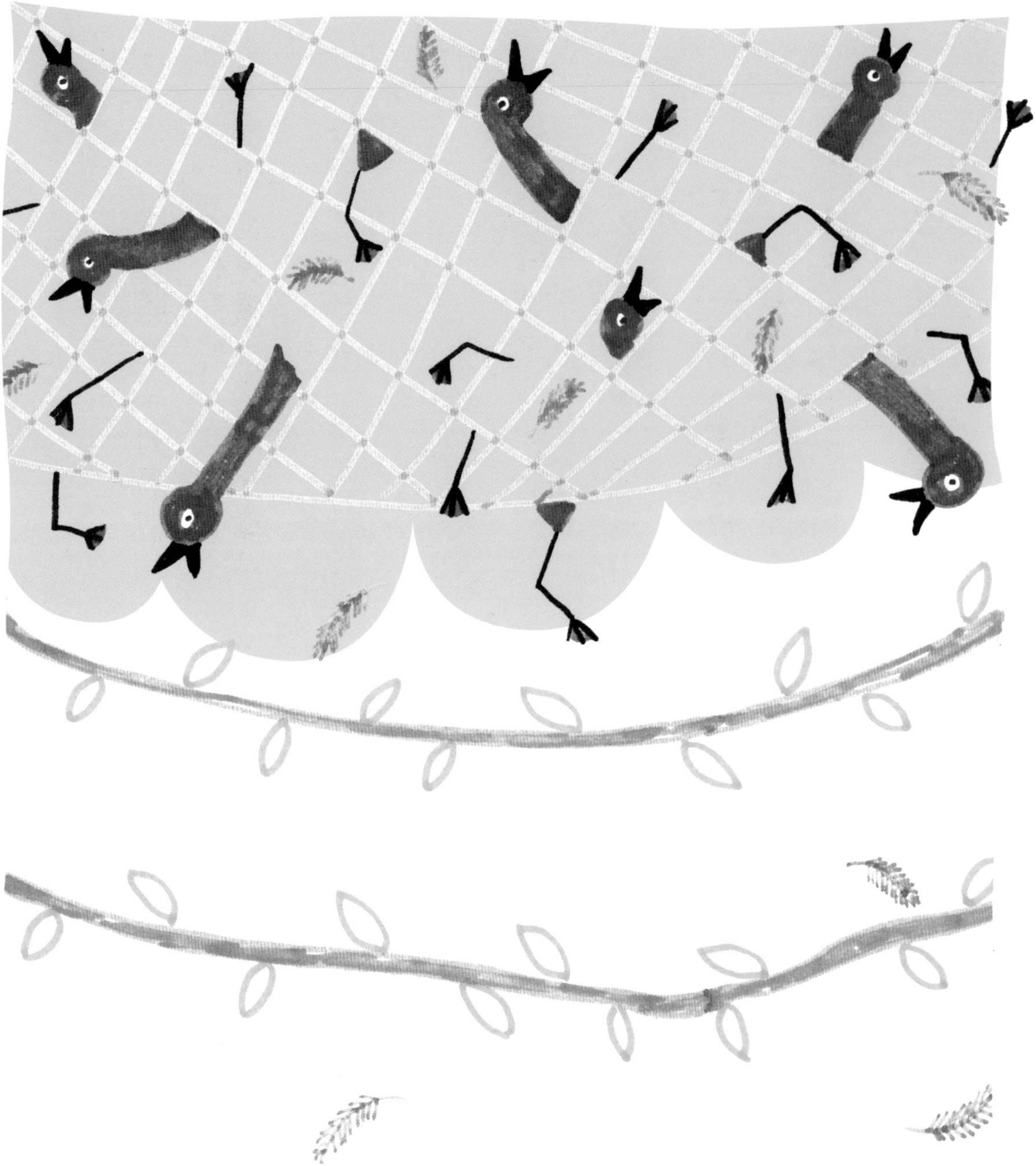

黃昏時分，大雁們回來了。他們沒有發現獵人的網，當他們各自飛回自己的巢，就掉進了網裡。他們掙扎著、撲打著翅膀想逃脫出來，但是沒有成功。大雁們急得大叫：「救命！救命！現在該怎麼辦呢？」

老雁嘆了口氣，說：「那根藤幼小時，我們沒把它弄斷，現在自食其果了！」

大雁們哭著叫道：「快說，我們該怎麼辦？這次我們一定聽你的話了。」

老雁說：「明天獵人來時，我們都裝死躺著別動，獵人會一一把我們扔到地上想帶回家去，你們應該知道接下來怎麼做了吧？」

第二天早上，獵人來了，他爬到樹上看見網中有那麼多雁，高興極了。但他發現雁都死了，便把他們一隻隻從網中拉出來扔到地上，大雁們都摒住呼吸，一動也不敢動。當獵人把最後一隻大雁扔到地上後，忽然大雁們都復活了，他們拍打著翅膀，一起飛向天空。

原文出自《35篇美妙童話集》，香港：山邊社，一九八九年十月第一版。

東瑞

原名黃東濤。曾任《讀者良友》執行編輯，一九九一年創辦獲益出版事業有限公司，任董事經理總編輯。業餘從事寫作，作品多次獲獎。一九九〇年〈山魂〉獲中文文學創作獎散文組冠軍。著有《一串燒烤的日子》、《我看香港文學》、《校園偵破事件簿》與《失落的珍珠》等一百餘種。

玫瑰的妒意

在花店裡，剛採摘下來、仍是溼潤的玫瑰小姐，十分看不起那模仿自己、用絲綢製成的玫瑰姑娘。她們雖同處一室，可是長期鬧心病，從不說話，各懷各的心事。

「真沒出息。如果沒有我的模樣，沒有我先來到這個世界上，妳還有存在的價值嗎？」玫瑰小姐經常這樣想。而玫瑰姑娘心想的是：「妳別神氣。妳離開了土壤，生命是那麼短促，沒有幾天就枯萎了！」

誰都不願理睬誰；大家想得很多很多，就是不願先主動開口，與對方交個朋友。

每當有人進來，她們的心情總是緊張萬分，希望自己被選中，被購買，去盡自己的一份力量。

玫瑰小姐被人捧在胸前、走出店外，那玫瑰姑娘就產生了一種被冷落的痛苦；而當玫瑰姑娘被包裝起來，抓在顧客的手中，玫瑰小姐也乾瞪著眼，心中產生一股恨意。

可是她們的機會幾乎一樣多。她們的其他同類都沒有這樣強烈的妒意，只有她倆不和。據說，她倆產地不同。玫瑰小姐來自「嫉妒王國」，玫瑰姑娘則來自「嫉妒工廠」，只有她們這兩族，才這樣不與人為善。

一日，一個女孩抓著玫瑰小姐進來，跟店主

說：「我想換，我考慮好了，還是買絲花好，絲花擺在飯檯上，比較長久！」店主讓她換了。不久，又有個年輕小伙子進來，他手上捧著玫瑰姑娘，對店主說：「我真糊塗。我問了家人，送給心愛的

女朋友，是要用真花的！麻煩你讓我換吧。」店主也同意了。

這時，玫瑰小姐和玫瑰姑娘才有點明白她們的存在，各有各的用途和價值，誰也不該看不起誰。「真的，沒有她先存在，我也沒有今天。」玫瑰姑娘想；「她將我保持和延續了，也算是我的一種化身。」玫瑰小姐想。

她們開始思量，怎樣跟對方打交道了。

原文出自《森林霸王》，香港：獲益出版事業有限公司，一九九三年四月。

嚴吳嬋霞

曾任中學語文教師，七十年代遊學英美，修讀兒童文學與圖書館學。返港後，任出版社董事總經理兼總編輯，現爲香港親子閱讀書會會長，經常舉辦各類有關親子閱讀的活動。多次獲得中港重要的文學獎項，一九八七年，〈姓鄧的樹〉獲陳伯吹「兒童文學園丁獎」評選爲「優秀作品」獎。

一隻減肥的豬

胖記農場裡的豬好肥、好肥，就像他們的主人一樣。

肥豬每天的生活很簡單，只是吃和睡。那就是說——吃飽了，睡；睡醒了，吃。你看，他們吃得多暢快，睡得多香甜！

農場主人看到豬欄裡的豬大得快，長得肥，便笑得合

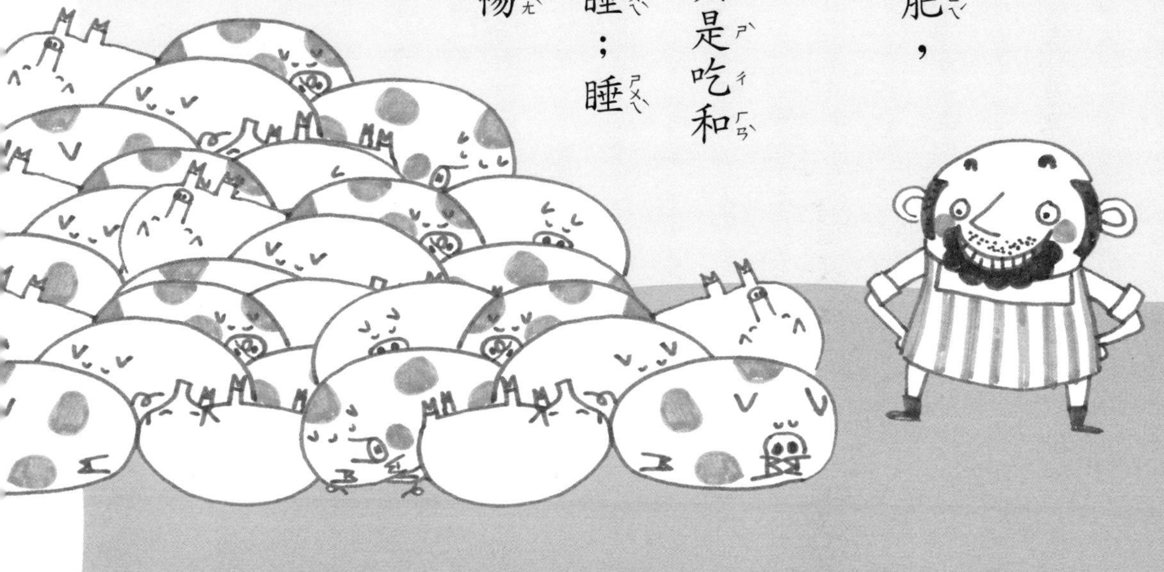

不攏嘴。

「哈哈，真好啊！長得那麼胖，很快便可送到屠房去賣錢了！」主人一邊說，一邊摸著一隻平躺在地上呼呼大睡的肥豬說。

主人每天都巡視豬欄一次，他熟悉每一隻豬，知道哪隻該到時候送出農場去。他來到第十三號豬欄，一眼看到一頭瘦瘦的豬，不禁皺起眉頭說：「唉，為什麼你這隻豬竟然瘦得一點也不像豬？你不是在減肥吧！」

這隻豬的名字叫「博士」，因為他知道許多豬不應

該知道的東西，尤其是他不應該偷偷的聽人類說話。

一天，博士告訴他的同伴說：「兄弟姐妹們，你們不要吃那麼多，那麼快啊！尤其千萬不要吃那些科學肥豬菜啊，否則你們活在世界上的日子便越來越短了！」

所有的豬聽了，很不以為然的說：「我們豬的責任就是吃和睡啊，養得肥肥的被人類吃掉了，也算是造福人啊！」

「唉，真是豬性不改，甘願做屠夫的刀下鬼！」博士深深的嘆了一口氣，躲到一旁去沉思了。

過了幾天，農場的主人突然帶來了好幾個工人，請他們在每間豬欄裝上大喇叭筒的擴音器，然後播放悅耳的流行音樂。

所有的豬聽到音樂，十分興奮，大家圍起來拍手跳舞。聽完音樂，跳完舞，豬的肚子餓得很厲害，便吃更多的東西。

博士看到這情形，坐在一角悶悶不樂。最後他忍不住說：「兄弟姐妹們，你們不要中了主人的詭計啊！兩天前，我在半夢半醒時，聽到主人在談論一則新聞，是這樣說的——瑞典農夫做實驗有新發現，豬隻欣賞流行音樂，生長快速，其肉美味——你們這樣做，正好加速自己死亡呢！」

所有的豬毫不在乎的說：「我們才不管將來呢，反正我們現在開心，你還是不要凡事潑冷水吧！」

博士很失望，也很傷心，他不明白為什麼他的同類跟他不一樣，也不相信他的話。難道豬一定要蠢，要懶嗎？

胖記農場的豬比以前更肥、更肥……。博士的同伴

消失得比以前更快、更快……。

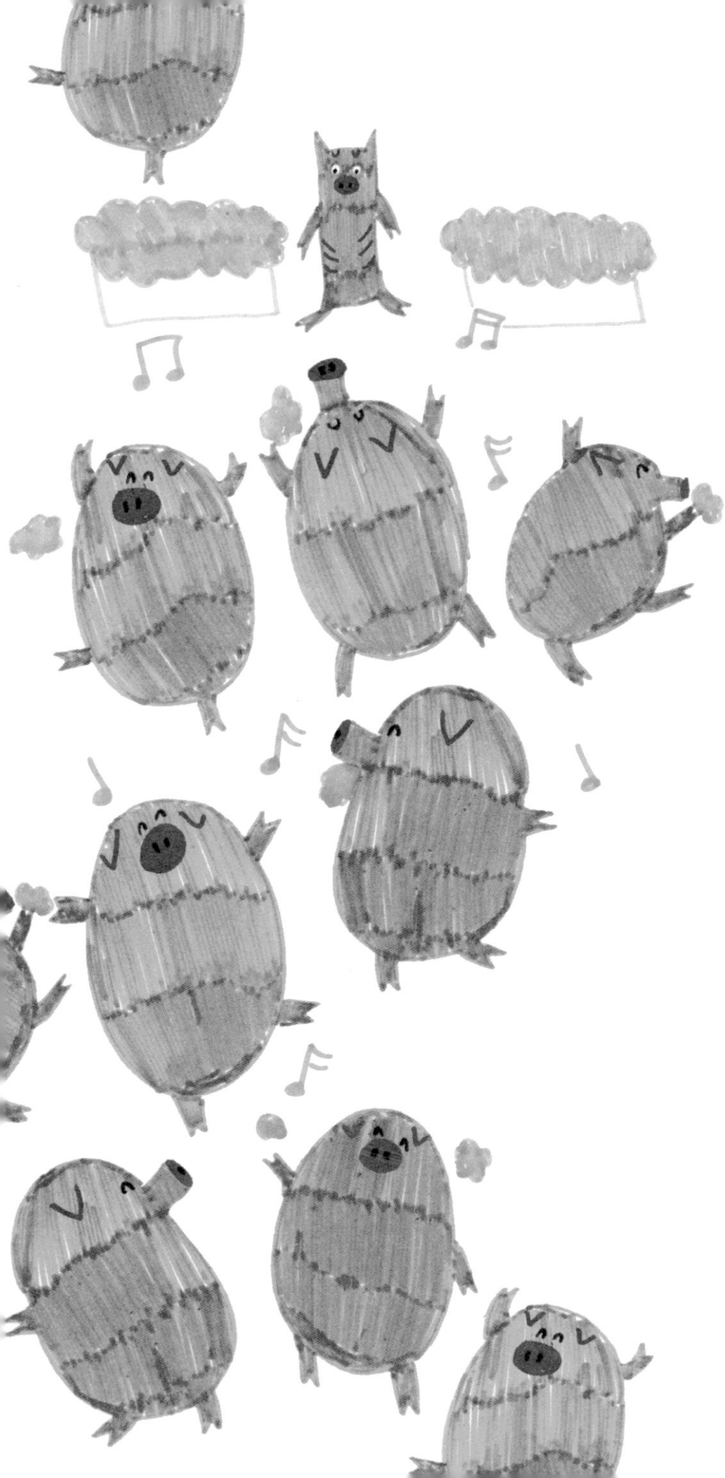

只有博士，他拚命在減肥。他盡量少吃東西，少睡覺。當喇叭筒播放音樂時，他便把耳朵捲起來，躲在一旁想一些豬不應該想的問題。

有一天，一間小學的老師和學生來參觀農場，一個小女孩看到博士那麼瘦，瘦得一點也不像豬，覺得他很可憐，回家告訴她的獸醫爸爸。

「爸爸，你可見過一頭瘦豬？他是一頭瘦得很可憐的豬啊！我們趕快把他買回家養吧！否則他會餓死的。」

獸醫跑去見農場主人，說：「老闆，為什麼這頭豬瘦得那麼可憐，你不是在虐畜吧！」

農場主人說：「唉，還說呢，這豬自動減肥，養他是賠本的，你要就乾脆送給你好了。」

獸醫把博士帶回家養在花園裡，每天給他打補針和吃最富營養的肥豬菜。起初，博士很不習慣，慢慢的他倒適應了這個舒服的新環境。他想：「我現在不必擔心被送到屠房去了，就盡量吃吧，不必刻意減肥了。」

小女孩功課很忙，她許久沒有到花園看博士了。有一天考完試，她來到花園，一看到博士那副肥頭胖耳的模樣，不禁大吃一驚：「天呀，多難看的豬啊！爸爸，我不要他了，快快送走他！」

獸醫把博士送回農場去，主人看到了，十分歡喜。

「哇！養得真肥！明天立即賣掉，這回不讓他有機會減肥了！」

「唉，誰叫我不堅持到底，做一隻減肥的豬呢！」

原文出自《誰是麻煩鬼》，香港：獲益出版事業有限公司，一九九二年八月。

陳華英

從事教育工作，爲音樂及中文教師。曾任電視台編劇、兒童月刊及周刊的專欄作者。曾多次獲得「香港兒童讀物創作獎」及「香港文學雙年獎」推薦獎。一九九五年移居溫哥華，繼續擔任教學工作。現爲加拿大華裔作家協會及卑詩省中文協會會員。

流星的女兒

墨藍墨藍的天空中，千萬顆閃閃爍爍的星星躺在銀河裡。他們在休息，他們在低語。銀河璀璨輝煌，像一條鑲滿鑽石的腰帶，也像一株躺在地上嵌滿螢火蟲的大樹。

這時候，星媽媽帶著一群休息夠了的小星兒，從銀河裡悄悄的跑出來。

「孩子們，好好跟著媽媽，我帶你們到地球去，看看那裡的新鮮事兒。不過，假若你們看到正在祈禱的人，一定要避開他們的眼睛呀！」

「為什麼？」小星兒問道。

「因為，如果他們看中了你，為了實現他們的願望，你就要離開媽媽，在這個世界上消失了。」星媽媽細細叮嚀著。

星兒們點頭，便跟著媽媽，向天邊掠去。

只見一顆閃亮閃亮的大星星，後面跟著一串火花似的小星星，在黑漆漆的天空中掠過，好看極了。

小方躺在軟綿綿的彈簧床上，望著小窗外的一角天空，出神的想著：明天就是升中學的學能測驗了，題目是深還是淺呢？是不是溫習過的範圍呢？小方的成績，一向都是名列前茅的，媽媽多希望他能考到名校啊，但誰可保證他一定能考到理想的中學呢？

小方又想：如果有流星飛過就好了。人家說過，向流星許願一定會實現的。

於是，他趕緊爬下床來，向窗前跪下，預備做出最誠心的禱告。

說也奇怪，這時，天邊果然有一顆亮麗的流星飛過來。小方趕緊許了個願：希望考試成績理想，能分派到好的中學去。

忽然，一顆流星掉了下來，在漆黑的夜空中，劃了一道光亮的弧線。

「啪噠」一聲，是什麼小東西掉在小方的毛巾被上？那東西忽閃忽閃的亮著，像一個氣急敗壞的人在喘氣。看清楚了，原來掉在床上的是一顆小星星。小方驚訝得嘴巴張成了圓形。

「你是誰？」好一會兒，一個細微的聲音問道。

「是妳在說話嗎？小星星。」小方問道。

「是我！是我呀！」

「我是小方，妳呢？」

「我叫星兒，是流星的女兒。」

「那麼，妳來這裡做什麼呢？」

「說來話長，我們流星一族，都愛跟著媽媽，在夜裡四處蹓躂蹓躂——看看地球繽紛的燈火，熱鬧的夜市，或是寧靜的鄉間，月下的小河。但每次快樂的散步之後，都會失散好些兄弟姐妹，大概是樂極生悲吧！」星兒悲哀的說。

「為什麼妳會來到這裡呢？是來幫助我實現願望嗎？」小方說。

「唉！世間的人，都希望我們掉下來，好向我們許願。誰知他們願望實現之日，就是我們消失之時呢！」說著說著，星兒掉下一顆晶瑩的淚珠。

「唉呀！星媽媽每次散步都失散了一些兒女，不知多傷心呀！」小方一邊想，一邊向星兒遞過一包紙巾，他心中的願望就說不出口了。

星兒接過紙巾，便抽抽搭搭的哭了起來。

「星兒別哭！難道妳不想留在這裡和我玩耍嗎？我有很多玩具呀！妳看：砌模型、超合金機械人、毛娃娃，我還可以向妹妹借她的芭比娃娃給妳玩！」小方說。

「我想的，但我更想回到媽媽和兄弟姐妹的身邊。」星兒傷感的說。

「啊！那麼，小星兒，我現在唯一的願望，就是希望妳回到天上去！」

「叮！」小星星立刻失去了蹤影。

小方望著空空的床角發呆，也弄不清楚剛才發生的事情是真還是假？

「無論如何，我不會把自己的快樂，建築在別人的痛苦上的。」小方想：「我還是得靠自己平日的努力去考試。」

於是，他丟開了明天要參加學能測驗的煩惱，心安理得的睡著了。

天空上，依偎在媽媽懷抱中的星兒，正望著地上酣睡的小方微笑呢！

過了幾天，星兒又跟著星媽媽到銀河外邊散步了。地球上的熱鬧和繁華吸引著她啊！

這次，她可學乖了，不再凝視地上的人，只把白雲

當作溜冰場，在上面溜來溜去，一邊唱著快樂的歌兒，

一邊欣賞地下的風景呢！

你猜猜，星兒有沒有掛念著小方呢？

原文出自《奇妙的聖誕夜》，香港：啟思兒童文化事業，二〇〇四年八月第四次印刷。

周蜜蜜

曾任電視及廣播編劇、報章及雜誌社編輯、出版社策劃統籌等。作品曾獲市政局中文兒童讀物創作獎、青年文學獎、首屆「香港文學雙年獎」、中國第二屆張天翼童話獎、中華文化盃優秀小説獎及中國冰心兒童圖書獎。

吉吉一丁的故事

「吉吉一丁！」

「有！」一隻小刺蝟，應聲站到動物聯校冬令營的負責人面前。

「怎麼？你就是吉吉一丁？」負責人上上下下的打量著。

「沒錯，我就是吉吉一丁，特別來這裡報名當義工的。」吉吉一丁很爽快的回答。

他身上的刺刺，也很神氣的豎了起來。

「看你這樣子，是不是做營地的保安員比較合適呢？」負責人考慮道。

「行！」吉吉一丁照樣是回應得爽快。

「他全身都是刺，恐怕連槍都不用帶哩，嘻嘻！」一些同學在吉吉一丁背後笑著議論說。吉吉一丁聽到了，也覺得很開心。他還是第一次到營地裡來當義工，就已經引起別人的注意了，感覺實在不錯。

很快的，吉吉一丁接受了任務，在營地的範圍內巡邏放哨。

開始的時候，一切都很順利。吉吉一丁帶著營地負責人發給他的警衛臂章，還有一根小小的木棍，按照規定的路線，在營地各處巡視著。

而營地裡的一切，看起來都很正常，各個營友，在各隊長的指揮下，進行不同的活動，秩序井然。

當吉吉一丁巡邏到營地的操場時，突然，一個籃球飛過他的頭頂，緊接著，一個黃毛茸茸的物體，向他猛撞過來——

吉吉一丁躲避不及只聽見「哎呀」一聲慘叫，那個黃毛體「黏」到了他的身上。

周圍的人馬上趕過來，才看清楚了，原來是金毛鼠同學剛剛健為搶球而撞到吉吉一丁，可憐的他全身的皮毛被吉吉一丁身上的刺刺著，痛得呱呱叫。

在場的人好不容易，才把剛剛健和吉吉一丁分開來，但剛剛健已經多處受傷，吉吉一丁也被命令停職。

吉吉一丁感到自己在營地裡成了不受歡迎的人。儘管他披上厚厚的大衣，但無論他走到哪裡，人們都趕緊避開，誰也不會忘記他身上的刺，是會造成傷害的。每每遇到這種情況，吉吉一丁的心裡就很難過。這天，他在飯堂端了一客快餐，經過走道時，迎面而來的松鼠同學卜卜子忽然受驚跳起來，她手上捧著一盤子的果子，跌落下來，滾得一地都是。

吉吉一丁二話不說，立刻放下自己的快餐，向著地上那些果子翻滾過去。

說時遲，那時快，吉吉一丁轉眼間就把一盤果子收集起來，還給卜卜子。一些在旁的同學鼓起掌來，卜卜子連聲道謝。

「好樣的，不如留在這裡，做我的幫手吧。」廚師山羊咩咩叔對吉吉一丁說。

從此，吉吉一丁就留在飯堂工作，非常勤快。這一天，飯堂推出一個新菜式，叫做「吉吉壽司吧」，吸引了整個營地的老師和同學。只見咩咩叔推著一張巨大的餐桌，來到飯堂中心的位置。

而那餐桌上的擺設，立刻吸引了所有人的注意：上面有一個半圓形小刺球，布滿了各式各樣、色香味美的壽司。原來那是吉吉一丁，他以自己的身體承載著壽司美食，成為大家最喜愛、最受歡迎的人。

原文出自《小貓咪聯網》，香港：和平圖書有限公司，二〇〇四年四月初版。

潘明珠

熱愛寫作，並致力推廣兒童文學，現爲亞洲兒童文學學會共同副會長。作品多與姊姊潘金英合寫，作品逾六十種。曾獲中港台多個文學創作獎，包括香港中文文學創作兒童故事冠軍、上海小百花文學獎、台灣國語日報兒童圖書牧笛獎等。著有《故事樹》、《樹影鵂鶹》、《好同學小米》等。

故事樹

叢林的盡頭處，有一棵特別高的樹，他的枝椏幾乎可以接觸天邊的雲朵。每天傍晚，當雲兒換上彩麗的晚裝時，小鳥呀、小兔呀、小青蛙等等的小動物便會聚集在樹下，等著聽故事。

這棵樹長得高，他的樹枝向四方八面伸展，幫他蒐集了很多不同的故事材料，所以他每天都有新故事說給小動物聽。大家都稱他為「故事樹」。

「今天說一個北方的故事好嗎？」故事樹把枝椏指

向北面說。

這一天正好是炎夏，即使浸在水中，青蛙仍感到炎熱未散，一聽到有關北方冰涼世界的故事，當然大拍手掌。

當故事樹說到那一列奔向北極的卡車，每到達一個站，便有一個卡車變成冰車時，小動物都充滿期望，青蛙在小池塘的荷葉上搖晃，彷彿荷葉已變成小冰船；小兔子沉醉的咬著手中的甘筍，感到每一口都那麼冰涼。

故事說完後，每隻小動物當晚都做了一個涼快的夢。

漸漸的，更多小動物認識故事樹了。

每天黃昏，成群小鳥會向著叢林的盡頭飛，下面有白的、黑的小兔子在跑，小兔子後面是「噗噗」的跳躍著的青蛙，還有小田鼠、紅面猴子呢，他們都想趕快去聽故事。

這時候，有一隻滿頭金色鬆毛的小獅子，靜悄悄的笑著跟在小動物行列後面，小動物卻完全沒有察覺。忽然，故事樹頂尖上的葉子大叫起來，說：「不好了，獅子來了！」葉子很快隨風把消息傳開，小動物們立刻驚慌的奔跑逃亡。

小獅子來到故事樹下，小動物都已經躲起來不見了，小獅子扁扁嘴，竟然簌簌的掉下淚來……

小獅子本來只想和大家一起聽故事，但小動物都跑掉了，他便傷心的哭起來。故事樹便給小獅子說小鼠和獅子做了好朋友的故事，小獅子聽了，感動得又再次哭起來了。

原文節錄自《故事樹》，香港：和平圖書有限公司，二〇〇四年六月初版。

文學館
流星的女兒 香港童話選

2010年6月初版
定價：新臺幣240元

主編	霍玉英
繪圖	高佩聰
發行人	林載爵

出版者	聯經出版事業股份有限公司
地址	台北市忠孝東路四段561號4樓
編輯部地址	台北市忠孝東路四段561號4樓
叢書主編電話	(02)87876242轉221
台北忠孝門市	台北市忠孝東路四段561號1樓
電話	(02)27683708
台北新生門市	台北市新生南路三段94號
電話	(02)23620308
台中分公司	台中市健行路321號
暨門市電話	(04)22371234ext.5
高雄辦事處	高雄市成功一路363號2樓
電話	(07)2211234ext.5
郵政劃撥帳戶	第0100559-3號
郵撥電話	(02)27683708
印刷者	文鴻彩色製版印刷有限公司
總經銷	聯合發行股份有限公司
發行所	台北縣新店市寶橋路235巷6弄6號2樓
電話	(02)29178022

叢書主編	黃惠鈴
編輯	劉力銘
校對	吳佳嬑
整體設計	高佩聰
	陳俐君

行政院新聞局出版事業登記證局版臺業字第0130號

本書如有缺頁，破損，倒裝請寄回聯經忠孝門市更換。 ISBN 978-957-08-3617-2 (平裝)
聯經網址：www.linkingbooks.com.tw
電子信箱：linking@udngroup.com

國家圖書館出版品預行編目資料

流星的女兒 香港童話選/霍玉英主編．高佩聰繪圖．初版．臺北市．聯經．2010年6月（民99年）．88面．17.5×20公分．（文學館）

ISBN 978-957-08-3617-2（平裝）

850.3859 99009334